RATUS POCHE

COLLECTION DIRIGÉE PAR JEANINE ET JEAN GUION

Les moutons de Panurge

Les histoires de toujours

- Icare, l'homme-oiseau
- Les aventures du chat botté
- Les moutons de Panurge
- Le malin petit tailleur
- Le cheval de Troie
- Arthur et l'enchanteur Merlin
- Gargantua et les cloches de Notre-Dame
- L'extraordinaire voyage d'Ulysse
- Robin des Bois, prince de la forêt
- Les douze travaux d'Hercule

© Hatier Paris 2003, ISSN 1259 4652, ISBN 2-218 74374-4

Les moutons de Panurge

D'après Rabelais

Un récit de Jeanine et Jean Guion
illustré par Buster Bone

HATIER

Pantagruel
Panurge

Les personnages de l'histoire

En ce temps-là, le géant Pantagruel,
Panurge et leurs amis faisaient le
tour du monde sur les mers.

Un jour, leur bateau croisa un
navire de commerce chargé de
moutons.

Le troupeau appartenait à un 1
marchand nommé Dindenault.

Les passagers des deux bateaux
fêtèrent leur rencontre. Panurge
monta sur un tonneau et cria en
levant son gobelet : 2

– Vive les marins ! Vive les moutons !

Dindenault se moque de Panurge. Que dit-il ?

Dindenault montra Panurge à ses compagnons :

– Regardez le fou perché sur un tonneau ! Cet idiot porte des vêtements de fille !

Panurge l'entendit.

– Eh, l'homme aux moutons ! cria-t-il en colère. Si je te donnais mes vêtements, tu ne pourrais pas entrer dedans, avec ton gros ventre et ton gros derrière !

Furieux, Dindenault sortit son épée et se jeta sur Panurge…

Que font Panurge et Dindenault dans l'histoire ?

Panurge eut si peur qu'il appela Pantagruel à l'aide. Le géant voulut jeter Dindenault à la mer, mais le patron du navire réussit à le calmer. 3

On discuta et on se mit d'accord : il ne fallait pas se battre ! Il valait mieux boire à la santé des uns et des autres.

On obligea donc Dindenault et 4
Panurge à se serrer la main.

Mais Panurge était rancunier. Il 5
dit tout bas à ses amis :

– Je vais me venger ! Regardez ce qui va se passer…

Qu'est-ce que Panurge veut acheter ?

Et Panurge dit à Dindenault :

– Pour vous prouver mon amitié, 6
je vais vous acheter un mouton.

– Holà ! fit le marchand. Pas si vite ! Vous n'avez pas une tête d'acheteur de mouton.

Panurge fit semblant d'avoir l'air
désolé : 7

– Je regrette que ma tête ne vous plaise pas, dit-il. Je veux vraiment vous acheter un mouton.

– C'est que mes moutons ne sont
pas des moutons ordinaires ! dit 8
Dindenault.

D'après Dindenault, que fabrique-t-on avec les boyaux de ses moutons ?

Et le marchand continua :
– Voyez leur laine, elle est faite
pour les rois ! Pas pour tricoter vos
caleçons ! 9
– S'il vous plaît, vendez-moi un
mouton, dit Panurge.
Dindenault redressa la tête.
– Avec leur peau, on fait des
bottes pour les chevaliers ! dit-il. Et
si vous n'étiez pas ignorant, vous 10
sauriez qu'on fabrique les cordes des
meilleurs violons avec leurs boyaux ! 11
– Je vous crois, dit Panurge. Mais
vendez-moi un mouton.

••••••

Comment Panurge veut-il payer le mouton ?

Dindenault fit comme s'il n'avait pas entendu.

– Regardez ! dit-il. La viande de ces bêtes est une viande pour les princesses : elle est si tendre et si savoureuse ! Elle n'est pas pour des 12
fous comme vous !

« Patience » pensait Panurge en retenant sa colère.

– Vendez-moi un mouton, dit-il encore. Je peux le payer avec des pièces d'or !

Une lueur brilla aussitôt dans les 13
yeux de Dindenault…

D'après Dindenault, qui utilise les crottes de ses moutons ?

– Voyez comme ils sont beaux, continua le marchand. Écoutez-les : bêê… bêê… Je suis sûr que vous ne savez pas bêler si bellement !

– Vendez-moi un mouton ! dit une nouvelle fois Panurge.

D'un geste large, Dindenault montra son troupeau :

– Ce sont des moutons si parfaits que même leurs crottes valent une fortune ! Les médecins les utilisent pour guérir toutes les maladies. Vous devriez en prendre pour soigner les gros boutons que vous avez sur le nez !

Quelle méchanceté Dindenault dit-il à Panurge ?

– Il continue à se moquer de moi, chuchota Panurge à ses amis. Mais 14
patience ! Vous allez voir...

Le marchand parlait fort, pour que tout le monde l'entende.

– Prenez les cornes de mes gros moutons. Écrasez-les en poudre, mettez-les dans la terre, arrosez bien et vous verrez pousser les meilleures
asperges du monde ! 15

Puis, se tournant vers Panurge :

– Essayez d'en faire autant avec vos cornes, mon ami : il ne poussera rien !

Tout le monde rit.

Quel mouton Panurge va-t-il choisir ?

Le patron du navire s'approcha de Dindenault :

– C'est assez discuté, dit-il. Vends-lui un mouton si tu veux, mais si tu ne veux pas, dis-le !

– Bon, je veux bien lui en vendre un, dit le marchand. Pour dix pièces d'or, il peut choisir celui qu'il veut.

– C'est du vol ! dit Panurge. Pour ce prix, j'en aurais cinq ou six dans mon pays. Mais il me faut ce mouton…

Il donna les dix pièces d'or et choisit le plus beau, le plus gros et le plus fort de tous les moutons.

Que se passe-t-il dans l'histoire ?

Soudain, sans rien dire, Panurge jeta son mouton à la mer.

– Ils sont si bêtes qu'ils vont tous le suivre ! dit-il à ses amis.

Et c'est ce qui se passa. Sans réfléchir, les moutons se jetèrent dans les vagues, les uns derrière les autres. Bêêê… bêêê… bêêê…

Ce fut une belle bousculade ! 16
C'était à qui sauterait le plus vite. Plouf ! Plouf ! Plouf !

Dindenault voulut les retenir, mais il tomba aussi à l'eau. Plouf !

En un instant, le troupeau et son
marchand disparurent du navire. 17

Où sont les moutons que Pantagruel a sauvés ?

– Me voilà vengé ! dit Panurge. Ce voleur de Dindenault m'a insulté. 18
Il méritait bien une leçon !

Mais le géant Pantagruel était bon. Il aida les moutons à nager jusqu'à une île et les sauva tous.

– Bêêê… bêêê… bêêê… firent les moutons pour le remercier.

– Par ma foi, dit Pantagruel, vous chantez fort bien !

Et depuis ce jour, les moutons de cette île chantent tout le temps, bêêê, bêêê, et surtout, ils apprennent à leurs petits qu'on ne doit jamais suivre son voisin sans réfléchir.

1
il **appartenait**
C'étaient
les moutons
de Dindenault.

2
un **gobelet**
Comme un verre,
mais en métal
ou en plastique.

3
le **patron** du navire
Le navire est à lui
et il commande.

4
on **obligea**
On a forcé
Dindenault et
Panurge.

5
rancunier
Panurge n'oublie pas
ce qu'on lui a fait.

6
vous **prouver** mon
amitié
Vous montrer que
vous êtes mon ami.

7
avoir l'air **désolé**
Regretter.

8
ordinaires
Comme les autres.

9
un **caleçon**
C'est une culotte
à jambes courtes
ou longues qu'un
homme met sous
son pantalon.

10
ignorant
Celui qui ne sait
rien.

11
des **boyaux** (*boi-io*)
Ce sont les intestins.
Ils sont dans le ventre.

12
savoureuse
Qui a très bon goût.

13
une **lueur** brilla
Les yeux de
Dindenault brillent
parce qu'il aime
l'argent.

14
il **chuchota**
Il parla à voix basse.

15
des **asperges**
C'est un légume qui
ressemble à une tige
blanche, avec une
pointe verte ou
violette.

16
une **bousculade**
Les moutons
se poussent pour
sauter plus vite.

17
ils **disparurent**
On ne les voyait
plus. Ils n'étaient
plus sur le navire.

18
il m'a **insulté**
Dindenault
a dit des choses
méchantes
à Panurge.

Les aventures du rat vert

- 1 Le robot de Ratus
- 3 Les champignons de Ratus
- 6 Ratus raconte ses vacances
- 8 Ratus et la télévision
- 15 Ratus se déguise
- 19 Les mensonges de Ratus
- 21 Ratus écrit un livre
- 23 L'anniversaire de Ratus
- 26 Ratus à l'école du cirque
- 29 Ratus et le sapin-cactus
- 36 Ratus et le poisson-fou
- 1 Ratus chez le coiffeur
- 2 Ratus et les lapins
- 9 Ratus aux sports d'hiver
- 13 Ratus pique-nique
- 23 Ratus sur la route des vacances
- 27 La grosse bêtise de Ratus
- 38 Ratus chez les robots
- 8 La classe de Ratus en voyage
- 12 Ratus en Afrique
- 16 Ratus et l'étrange maîtresse
- 26 Ratus à l'hôpital
- 29 Ratus et la petite princesse
- 31 Ratus et le sorcier
- 33 Ratus gardien de zoo

Les aventures de Mamie Ratus

- 7 Le cadeau de Mamie Ratus
- 3 Les parapluies de Mamie Ratus
- 8 La visite de Mamie Ratus
- 31 Le secret de Mamie Ratus
- 5 Les fantômes de Mamie Ratus

Ralette, drôle de chipie

- 10 Ralette au feu d'artifice
- 11 Ralette fait des crêpes
- 13 Ralette fait du camping
- 18 Ralette fait du judo
- 22 La cachette de Ralette
- 24 Une surprise pour Ralette
- 28 Le poney de Ralette
- 38 Ralette, reine du carnaval
- 4 Ralette n'a peur de rien
- 6 Mais où est Ralette ?
- 20 Ralette et les tableaux rigolos
- 11 Ralette au bord de la mer
- 34 Ralette et l'os de dinosaure

Les histoires de toujours

- 27 Icare, l'homme-oiseau
- 32 Les aventures du chat botté
- 35 Les moutons de Panurge
- 37 Le malin petit tailleur
- 26 Le cheval de Troie
- 32 Arthur et l'enchanteur Merlin
- 36 Gargantua et les cloches de Notre-Dame
- 21 L'extraordinaire voyage d'Ulysse
- 27 Robin des Bois, prince de la forêt
- 36 Les douze travaux d'Hercule

Super-Mamie et la forêt interdite

- 39 Super-Mamie, maîtresse magique
- 37 Le mariage de Super-Mamie

L'école de Mme Bégonia

- 11 Drôle de maîtresse
- 14 Au secours, le maître est fou !
- 16 Le tableau magique
- 25 Un voleur à l'école
- 33 Un chien à l'école

La classe de 6^{e}

- 14 La classe de 6e et les hommes préhistoriques
- 17 La classe de 6e tourne un film
- 24 La classe de 6e au Futuroscope
- 30 La classe de 6e découvre l'Europe
- 35 La classe de 6e et les extraterrestres

Achille, le robot de l'espace

- 31 Les monstres de l'espace
- 33 Attaque dans l'espace
- 34 Les pirates de l'espace
- 19 Les pièges de la cité fantôme

Collection Ratus Poche

Collection Ratus Poche

Baptiste et Clara

- 30 Baptiste et le requin
- 35 Baptiste et Clara contre le vampire
- 37 Baptiste et Clara contre le fantôme
- 40 Clara et la robe de ses rêves
- 22 Baptiste et Clara contre l'homme masqué
- 32 Baptiste et le complot du cimetière

Les enquêtes de Mistouflette

- 9 Mistouflette et le trésor du tilleul
- 30 Mistouflette sauve les poissons
- 34 Mistouflette contre les chasseurs
- 5 Mistouflette et les tourterelles en danger
- 24 Mistouflette enquête au pays des oliviers
- 1 Mistouflette contre les voleurs de chiens
- 7 Mistouflette et la plante mystérieuse

Hors séries

- 2 Tico fait du vélo
- 4 Tico aime les flaques d'eau
- 5 Sino et Fanfan au cinéma
- 12 Le bonhomme qui souffle le vent
- 7 Mon copain le monstre
- 19 Le petit dragon qui toussait
- 28 Nina et le vampire
- 2 Les malheurs d'un pâtissier
- 3 Karim et l'oiseau blanc
- 4 Timothée et le dragon chinois
- 6 Le facteur tête en l'air
- 9 Romain, graine de champion
- 10 Le trésor des trois marchands
- 15 Une nuit avec les dinosaures

Conception graphique couverture : Pouty Design
Conception graphique intérieur : Jean Yves Grall • mise en page : Atelier JMH

Imprimé en France par Pollina, 84 500 Luçon - n°L88729
Dépôt légal n° 30533 - Janvier 2003